folio cadet ▪ prem

CW00457522

Traduction de Christine Mayer

ISBN : 978-2-07-064624-1
Titre original : *I Want my Dinner !*
Publié pour la première fois par Andersen Press Ltd., Londres
© Tony Ross 1995, pour le texte et les illustrations
© Gallimard Jeunesse 1995, pour la traduction française,
2012, pour la présente édition
Numéro d'édition : 240112
Loi n° 49-956 du 16 juillet 1949 sur les publications destinées à la jeunesse
Dépôt légal : mars 2012
Imprimé en France par I.M.E.
Maquette : Valentina Leporé

Je veux manger !

Tony Ross

GALLIMARD JEUNESSE

– Je veux manger !

– Il faut dire S'IL TE PLAÎT,
dit la reine.

– Je veux manger... S'IL TE PLAÎT.

– Humm ! C'est délicieux.

2

– Je veux mon p'tipot !

– Il faut dire S'IL TE PLAÎT,
dit le général.

– Je veux mon p'tipot, S'IL TE PLAÎT.

– Ah, enfin!

3

– Je veux mon ours !

... S'IL TE PLAÎT, dit la petite princesse.

– Hummmm, tu es mon nounours
à moi.

– Nous pouvons aller nous promener... S'IL TE PLAÎT ?

4

– Ploum, ploum, tra la la...

– Hummm... regarde comme cela
a l'air bon.

– Hep! Vous, là-bas! dit la grosse
bête.

– C'est à moi.

– Je veux manger !

– Il faut dire S'IL VOUS PLAÎT,
dit la petite princesse.

– Euh... je veux manger,
S'IL VOUS PLAÎT.

– Humm ! Miam ! Miam !

– Attends un peu, dit la petite princesse.

– Il faut dire MERCI !

FIN

Tony Ross

Avez-vous toujours été auteur-illustrateur ?
Non, je n'ai pas toujours été écrivain. J'ai commencé par être bébé. Puis, j'ai appris à écrire et j'ai juste continué. Bien sûr, j'ai fait d'autres choses, comme travailler dans la publicité ou enseigner le dessin.

Combien de livres avez-vous publiés ?
Je n'ai jamais compté. Je *pense* en avoir écrit plus d'une centaine et illustrés plus d'un millier.

Où et quand aimez-vous travailler ?
Je travaille chez moi dans un tout petit studio, seul, parfois avec mon chat qui vient souvent s'asseoir sur mes dessins. Alors je dois parfois dessiner autour de sa queue !

Faire rire, c'est essentiel pour vous ?
Oui, c'est essentiel. Chaque histoire doit
transmettre une émotion, que ce soit de
l'humour, de la peur ou de l'amour.
J'aime l'humour, mais c'est ce qu'il y a
de plus dur à écrire ! J'aime aussi dessiner
des choses amusantes.

**Qu'est-ce qui vous a inspiré
cette histoire ?**
Toutes les histoires de la petite princesse
sont inspirées de la vie de tous les jours,
de souvenirs de mon enfance ou de mes
enfants.

**Qu'aimez-vous faire pendant
votre temps libre ?**
Lorsque j'ai du temps libre… j'aime
imaginer mon prochain livre ! Ce serait
bien aussi de voyager, partir au soleil pour
nager. L'Angleterre n'est pas le pays
idéal pour ça ! J'aime aussi tout simplement
passer du temps avec des amis.

n° 1 *Armeline Fourchedrue*
par Quentin Blake

n° 2 *Je veux de la lumière !*
par Tony Ross

n° 3 *Le garçon qui criait :
« Au loup ! »*
par Tony Ross

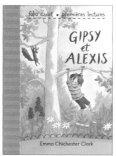

n° 4 *Gipsy et Alexis*
par Emma Chichester Clark

n° 11 *Je veux
une petite sœur !*
par Tony Ross

n° 16 *Lave-toi les mains !*
par Tony Ross

n° 23 *Les Bizardos*
par Janet et Allan Ahlberg

n° 24 *Je ne veux pas
aller au lit !*
par Tony Ross

n° 25 *Bonne nuit, petit dinosaure!* par Jane Yolen et Mark Teague

n° 28 *But!* par Colin McNaughton

n° 37 *Grand-Mère Loup, y es-tu?* par Ken Brown

n° 39 *Je veux ma dent!* par Tony Ross

n° 40 *J'ai vu un dinosaure* par Jan Wahl et Chris Sheban

n° 42 *S.M.A.C.K.* par Colin McNaughton

n° 43 *Adrien qui ne fait rien* par Tony Ross

n° 49 *Meg et Mog* par Helen Nicoll et Jan Pieńkowski

n° 53 *Salsifi ça suffit!* par Ken Brown

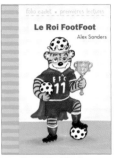

n° 9 *Timioche*
par Julia Donaldson
et Axel Scheffler

n° 21 *Le roi FootFoot*
par Alex Sanders

n° 26 *Le voleur de gommes*
par Alexia Delrieu
et Henri Fellner

n° 31 *Un chat de château*
par Janine Teisson
et Clément Devaux

n° 35 *Le coiffeur
de Mireille l'Abeille*
par Antoon Krings

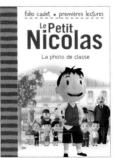

n° 45 *Papa est un ogre*
par Marie Saint-Dizier
et Amato Soro

n° 52 *Rex, le chien de ferme*
par Michael Morpurgo
et Patrick Benson

n° 55 *Le petit Nicolas.
La photo de classe*
par Emmanuelle Lepetit